TEMPÉRATURE ET DIURÈSE COMPARÉES

CHEZ LES

TYPHOÏDIQUES

 traités par les Bains, chauds ou froids,
ou par les Boissons abondantes

PAR

Le Docteur Paul VRASSE

LILLE

LE BIGOT FRÈRES, IMPRIMEURS-ÉDITEURS

25, Rue Nicolas-Leblanc, 25

—

1901

TEMPÉRATURE ET DIURÈSE COMPARÉES

CHEZ LES

TYPHOÏDIQUES

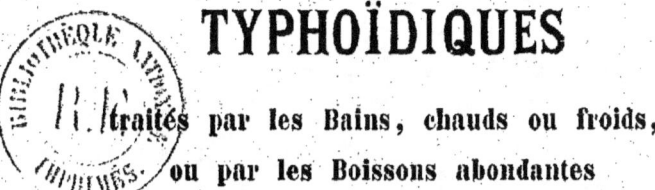

traités par les Bains, chauds ou froids,
ou par les Boissons abondantes

PAR

Le Docteur Paul VRASSE

LILLE
LE BIGOT FRÈRES. IMPRIMEURS-ÉDITEURS
25, Rue Nicolas-Leblanc, 25

1901

INTRODUCTION

Nous avons eu l'occasion d'observer, depuis peu de temps, dans le service de Monsieur le Professeur Combemale, un assez grand nombre de cas de dothiénentérie.

Il nous a paru intéressant, au triple point de vue de la courbe thermique, de la toxicité et de la quantité des urines éliminées, de comparer les résultats fournis par les différents modes de traitement auxquels ces malades furent soumis, à l'instigation de Monsieur le Professeur Combemale.

Avant même d'aborder les détails de cette thérapeutique, nous avons à cœur d'adresser, à Monsieur le Professeur Combemale, l'expression de notre profonde reconnaissance, non seulement pour les excellents enseignements que nous avons puisés dans son service, pendant le cours de nos études médicales, mais encore pour la bienveillance, si connue de tous ceux qui l'approchent, dont il a fait particulièrement preuve à notre égard. Il nous en a donné un nouveau témoignage en acceptant la présidence de notre thèse.

Nous resterons toujours un élève reconnaissant envers M. le Professeur Dubar qui nous a inculqué les premières notions de clinique chirurgicale et nous a montré que l'habileté opératoire ne doit exclure la prudence ni la sûreté du diagnostic.

Nous remercions bien vivement Monsieur le Professeur Surmont de l'obligeance avec laquelle il nous a autorisé à suivre, jour par jour, les expériences qui furent faites récemment dans son laboratoire et dont les résultats figurent dans notre travail. Ses conseils nous ont été un puissant appoint dans la préparation de notre thèse ; nous lui en sommes d'autant plus reconnaissant qu'il nous a témoigné, en outre, de réelles marques d'intérêt.

Monsieur le Professeur Carlier, pour les bons conseils qu'il nous a prodigués pendant l'année que nous avons passée dans son service, a droit à toute notre gratitude.

Monsieur le Docteur Ingelrans, chef de clinique médicale à l'Hôpital de la Charité, a doublement droit à nos remerciments : d'abord pour vouloir bien nous honorer de son amitié, puis nous avoir communiqué en détail, avant leur publication, et autorisé à les reproduire dans notre thèse, les résultats des recherches sur la toxicité urinaire qu'il a poursuivies avec l'aide de notre excellent ami Dehon.

A ce dernier, ainsi qu'à notre ami le Dr Drucbert, et à notre camarade Crespin, dont le concours nous a été précieux, à l'occasion de nos observations cliniques, nous adressons de grand cœur un amical remerciment.

TEMPÉRATURE ET DIURÈSE COMPARÉES

CHEZ LES

TYPHOÏDIQUES

Traités par les Bains, chauds ou froids, ou par les Boissons abondantes.

Monsieur le Professeur Bosc, de Montpellier, ayant essayé, dans ces dernières années, d'appliquer le bain chaud au traitement des typhoïdiques et l'ayant employé avec le plus grand succès dans un certain nombre de cas, nous avons pensé, à l'instigation de Monsieur le Professeur Combemale, qu'il serait intéressant d'établir la comparaison, au point de vue des variations de la courbe thermique, entre l'influence de ce traitement, l'action déjà bien connue des bains froids, et celle des boissons abondantes, sans balnéation.

Dans ce but, nous avons soumis à la balnéation chaude, pendant toute la durée de leur fièvre, un premier groupe de typhoïdiques.

Concurremment, d'autres malades prenaient des bains froids à 25 degrés.

Tous buvaient quotidiennement un litre de lait et un litre de limonade vineuse.

Nos derniers typhoïdiques, en observation, étaient privés de toute balnéation et soumis au régime des boissons abondantes : trois litres de lait et trois litres de limonade par 24 heures.

En même temps que nous avons observé l'action de cette thérapeutique sur la température, Messieurs Ingelrans et Dehon en ont recherché les résultats au point de vue de l'urotoxicité.

Nous rapprocherons des nôtres les conclusions de leur travail.

Nous diviserons donc notre thèse en trois parties :

1° Influence des bains chauds, des bains froids, et des boissons abondantes sur la température.

2° Influence des bains chauds, des bains froids et des boissons abondantes sur la diurèse et l'urotoxicité.

3° Enfin nous nous efforcerons d'établir, s'il est possible, quelques conclusions sur l'ensemble de ce travail.

PREMIÈRE PARTIE

CHAPITRE PREMIER

Influence des bains chauds sur la température

I. — MODIFICATIONS DE LA TEMPÉRATURE CENTRALE
ENTRE DEUX BAINS

« Il était légitime, écrit M. O. Martin (1), étant donnés
» les effets produits par les bains chauds dans l'état
» physiologique, que l'on tentât de mettre à profit leurs
» actions pour combattre le tableau pathologique pré-
» senté par la fièvre typhoïde... Ces bains, malgré tant
» de raisons qui légitimaient leur essai, n'ont été jus-
» qu'ici que fort peu employés : les essais qui en ont été
» pratiqués se montrent complètement favorables à la
» méthode.

(1) Thérapeutique clinique de la fièvre typhoïde. — Encyclopédie
Léauté, Masson, 1899.

» Ces essais sont jusqu'ici inédits... » et M. Martin résume alors les renseignements qu'il a reçus de M. Bosc, concernant les indications du traitement par les bains chauds chez les typhoïdiques.

« M. Bosc donne des bains chauds à 39° ou 40°, de 12
» à 15 minutes de durée, chez l'adulte, dans le cas où le
» bain froid est contre-indiqué par l'état du cœur et
» dans les cas à forme hémorragique, principalement
» dans la néphrite hémorragique avec céphalée, nausées,
» vomissements, faisant penser à une complication uré-
» mique. Il retire toujours du bain chaud le plus grand
» bénéfice quand l'intoxication est prononcée et les
» défenses de l'organisme compromises. Ces bains régu-
» larisent la courbe thermique... présentent des effets
» diurétiques et sédatifs très accentués et rapides dans
» leur apparition ; c'est par eux que l'on obtient la
» diurè:: la plus abondante et le maximum d'élimination
» des produits toxiques ; et le bain chaud est si favora-
» ble à cette décharge urinaire, que l'urine redev(nue
» promptement abondante sous son influence reste nor-
» male par la suite, et le lendemain la décharge toxique
» continue (1). » M. Martin cite ensuite l'observation
d'un des malades que M. Bosc a traités par cette
méthode « et par qui les bains furent parfaitement
» supportés. Sous leur influence, la température se
» maintint dans des limites satisfaisantes ; les urines

(1) Thérapeutique clinique de la fièvre typhoïde. — Encyclopédie
Léauté. Masson, 1899.

» augmentèrent en quantité, légèrement les premiers
» jours, puis d'une façon plus marquée à mesure que
» l'hématurie diminuait: (le malade avait une hématurie
» intense apparue dès les premiers jours)....

«... On voit tout le parti que l'on peut tirer de la bal-
» néation chaude. Action éliminatrice intense, action
» sédative, action révulsive et antiphlogistique, régéné-
» ration du myocarde, tels sont les multiples effets que
» l'on peut attendre d'elle (1) ».

En présence de ces assertions engageantes, nous avons
donné à quatre malades du service de Monsieur le
Professeur Combemale, à l'Hôpital de la Charité, des
bains chauds, d'une durée d 10 à 15 minutes, au nombre
de deux à trois par jour, et portés à une température
supérieure de un degré à la température rectale du
malade. Ils n'étaient donnés que lorsque celle-ci atteignait ou dépassait 39 degrés. -- En cela se borna tout
le traitement.

Chez chacun de ces malades la température rectale
était prise avant l'immersion, immédiatement après, puis
d'heure en heure jusqu'au bain suivant.

De ces quatre thyphoïdiques, l'un, Emile D... (Salle
Ste-Odile, No 3), tisserand, âgé de 53 ans, fut traité le 17e jour
de sa fièvre typhoïde. Entré à l'hôpital le 10 octobre, 16e jour
de sa maladie, il présentait un facies grippé, accusait une

(1) Martin. Thérapeutique clinique de la fièvre typhoïde. —
Encyclopédie Léauté. Masson, 1899.

extrême faiblesse, se plaignait d'une forte céphalalgie et d'une courbature générale.

Malade déjà depuis deux semaines, il n'avait toutefois cessé son travail que 4 jours avant son entrée à l'hôpital, pendant lesquels il s'était alité.

Comme antécédents héréditaires, nous ne relevons rien digne d'être signalé. — Lui-même, n'a eu aucune maladie jusqu'à l'âge de 28 ans ; il contracte alors, en Afrique, la fièvre paludéenne.

Le début de sa fièvre typhoïde s'était manifesté par un malaise imprécis ; une perte progressive des forces et de l'appétit, et quelques frissons fébriles se faisant sentir de temps à autre, mais surtout dans la soirée. — Pas d'épistaxis; pas de vomissements, pas de diarrhée, pas de douleurs abdominales.

Le malade, nous l'avons dit, continua à travailler, tant bien que mal, et ce n'est que, à bout de forces, en proie à une céphalée incessante et une fièvre intense, qu'il s'alita et 4 jours après entra à l'hôpital. Il resta alors plongé dans un état de somnolence continue, très abattu et souffrant de douleurs lombaires. — Sur la paroi abdominale, on relève quelques taches rosées. — Pas de diarrhée ; de la constipation que l'on combat avec une légère dose d'huile de ricin. Bouche empâtée; langue rôtie ; pas de nausées ni de vomissements. — Rate un peu tuméfiée. — Pouls dicrote, à 110. — La température est élevée à 40°1. — Les urines sont rares, foncées, et contiennent de l'albumine. Le séro-diagnostic est positif. — Du côté du système nerveux : pas d'agitation ni de délire.

Tous ces symptômes restent sensiblement les mêmes jusqu'au 15 octobre, où la température baisse. Le pouls devient moins fréquent et tombe à 90. — Puis une amélioration progressive se produit et le malade entre en apyrexie complète le 21 octobre.

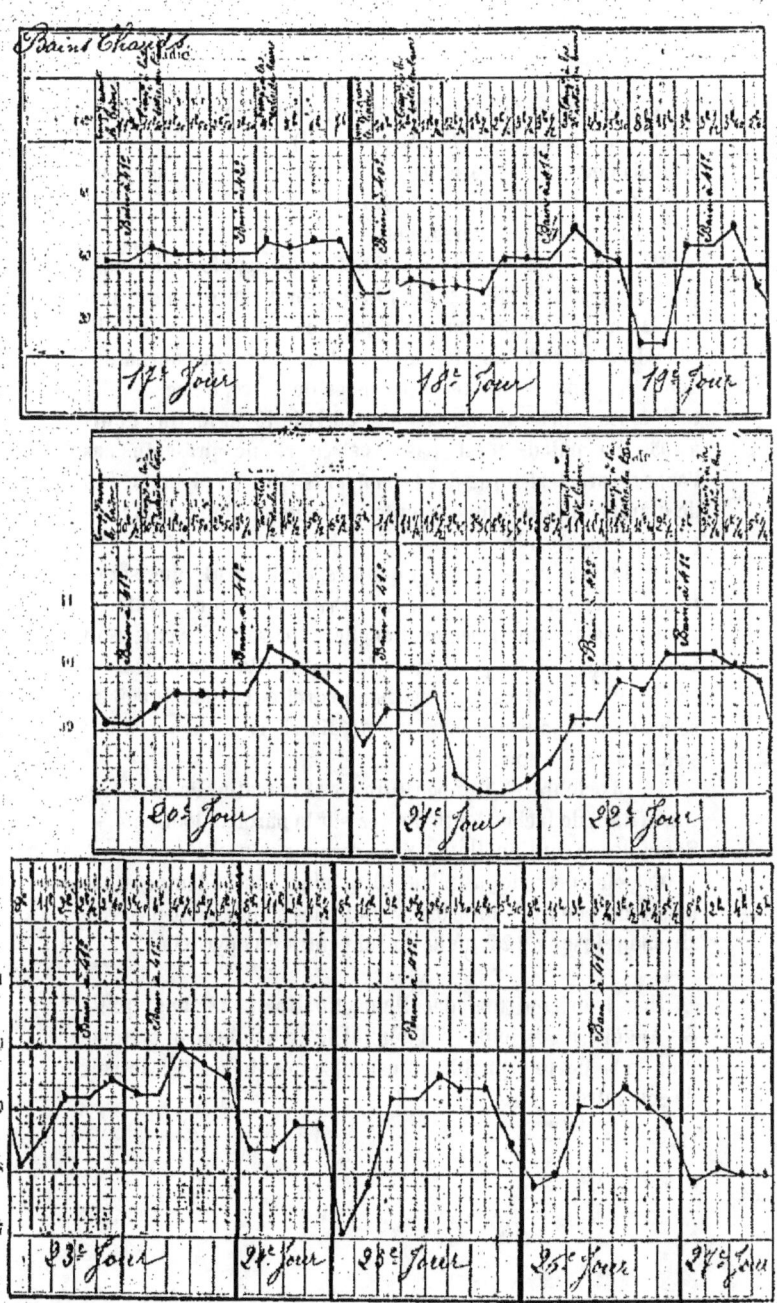

Notre second malade est une jeune fille de 18 ans, Elisa L...., fileuse (Salle Ste-Angèle, n° 1), entrée le 9 octobre, au troisième jour de sa maladie et baignée le septième jour.

Antécédents héréditaires. — Nuls.

Pas d'antécédents personnels.

Histoire de la maladie. — Souffrante depuis trois jours pendant lesquels elle est en proie à un malaise général peu précis, mais qui ne l'empêche pas de continuer son travail, Elisa L... entre à l'hôpital, le 9 octobre, pour une courbature générale, une lassitude extrême et de la céphalée. — La température prise ne dépasse pas 38°1, le 10 au matin. Pouls à 95. La malade n'est pas prostrée et ne présente pas l'aspect caractéristique des typhoïsants. Pas d'épistaxis, pas de diarrhée ni de vomissements. — Toutefois, le soir, la température monte à 38°9.

Le 12 octobre. — Les symptômes deviennent plus significatifs. Le faciès est grippé, l'abattement plus profond. Langue saburrale et sèche. Bouche pâteuse. Anorexie. Soif vive. Pouls à 100° et dicrote, le matin. Rate tuméfiée. — Gargouillement dans la fosse iliaque droite. La malade a deux selles dans la journée, mais pas de diarrhée. La température s'élève à 39°7 le soir.

Le 13 octobre. — Température : 39°4 le matin. Pouls à 110. Apparition de taches lenticulaires sur la paroi abdominale. — Somnolence continuelle. — Séro-diagnostic positif.

Cet état persiste jusqu'au 19 octobre, où la température baisse un peu ; dès lors les symptômes s'amendent progressivement jusqu'au 23, où la malade entre en apyrexie.

Une troisième malade, Henriette U..., 18 ans (Salle Ste-Angèle, n° 3), entre à l'hôpital le 12 octobre, au sixième jour de sa fièvre typhoïde, et est mise aux bains, dès le soir de son entrée.

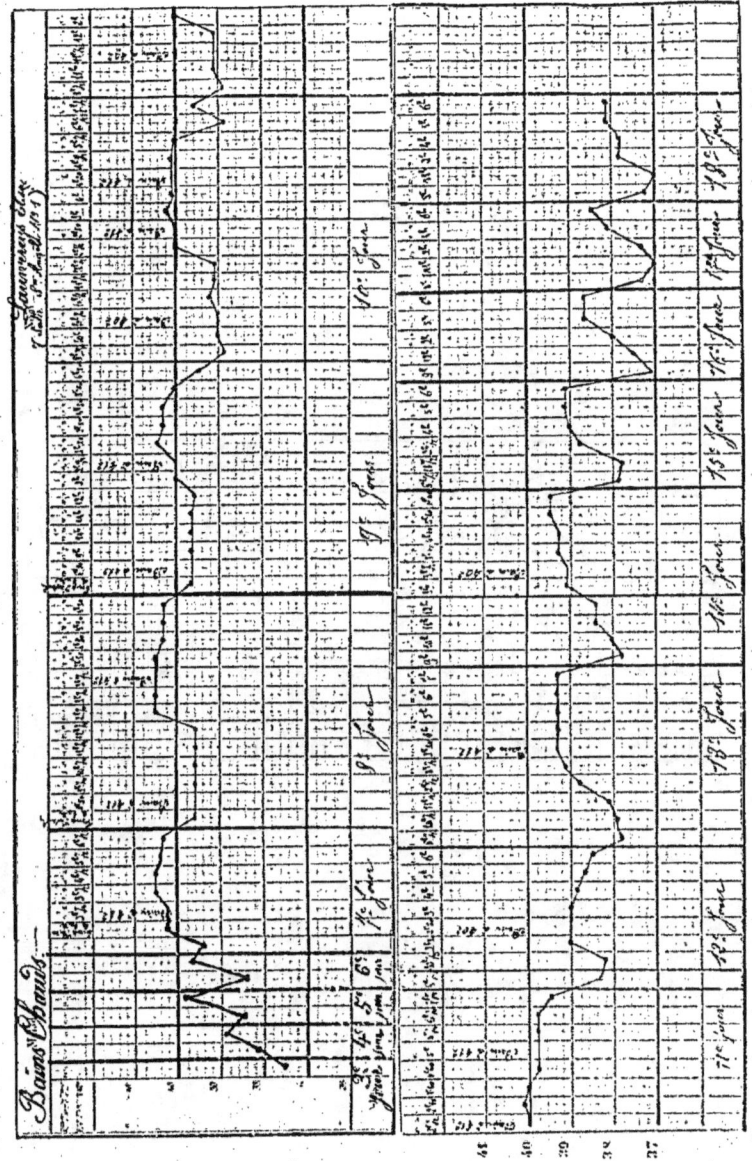

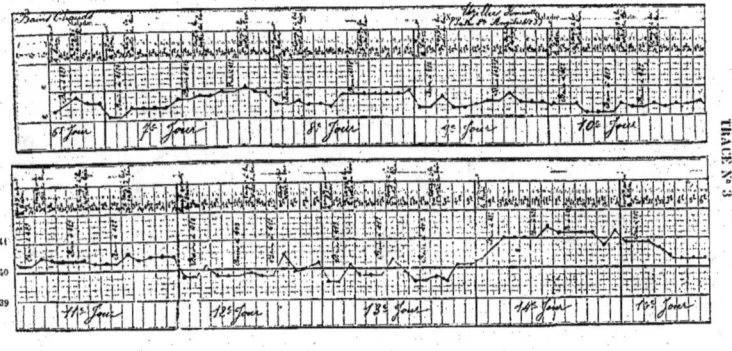

Début de la maladie. — Malaise, courbature, rachialgie et céphalée. Pas d'épistaxis.

Bouche pâteuse et amère ; ni nausées ni vomissements. Anorexie ; soif vive. — Diarrhée abondante et fétide.

A l'hôpital, la malade se présente avec un facies grippé et se trouve dans un état de prostration très frappant. — Adynamie profonde. — Somnolence continuelle. La malade se plaint beaucoup d'une forte céphalalgie et de douleurs lombaires qui ne la quittent pas. — Pouls à 116, dicrote, et 40°1, le 13 octobre au matin. — Bouche empâtée. Langue rôtie et sèche ; lèvres fuligineuses. Pas de vomissements. Diarrhée très abondante. Gargouillement dans la fosse iliaque droite qui est très douloureuse. — Rate tuméfiée.

Le 15 octobre. — Taches rosées lenticulaires. — Sérodiagnostic positif. — Ventre météorisé, diarrhée toujours très abondante. — Prostration de plus en plus marquée. Délire diurne et nocturne. Pouls à 120. — Température : 40°3 au matin et 40°5 au soir.

Le 18 octobre. — Etat général mauvais ; pouls faible et à 130. Température à 40°2 le soir. — Taches lenticulaires très abondantes, sur l'abdomen, la partie supérieure des cuisses, et sur la poitrine. — Injection d'huile camphrée. — Potion au sulfate de spartéine et à la strychnine.

Le 20 octobre. — Pouls imperceptible le soir : température 41°1. Délire constant. — Injection d'huile camphrée.

Le 21 octobre. — Mort.

Enfin, Suzanne D..., 26 ans, entrée le 10 octobre, est soumise aux bains chauds dès son entrée. Alitée chez elle, pendant trois semaines, elle a ressenti de la céphalée, des bourdonnements d'oreilles, une grande courbature et a été en proie à une fièvre très forte ; en outre constipation opiniâtre combattue par des purgatifs ; un dégoût prononcé

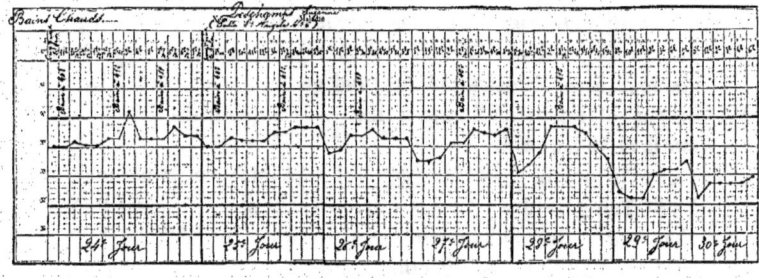

TRACÉ N° 4

pour toute espèce d'alimentation ; Suzanne D... entre à l'hôpital dans un état de faiblesse et de prostration extrêmes. La température prise le matin est de 39°9. Son pouls dicrote bat à 110. Taches rosées lenticulaires, peu nombreuses, sur la paroi abdominale. Langue sèche et rôtie, et saburrale. Lèvres fuligineuses ; faciès grippé et caractéristique. Toux fréquente ; à l'auscultation, râles de congestion. Délire loquace. Grande excitation nerveuse dans la soirée et la nuit. — Injection d'huile camphrée.

Le 13 octobre. — L'état général est toujours le même. Grande surexcitation, délire ; température 39° le matin ; 39°7 le soir. Pouls faible, à 120. Urines peu abondantes et foncées, contenant de l'albumine. Le séro-diagnostic est positif. Injections d'huile camphrée, une le matin et une le soir.

Le 16 octobre. — Les symptômes s'amendent ; grande amélioration de l'état général. La température tombe à 38°1 le matin ; le soir elle atteint encore 38°6. Pouls meilleur et moins fréquent, bat à 90°. Langue humide. Appétit.

L'amélioration persiste les jours qui suivent et la malade entre en apyrexie complète le 19 octobre, au trente-et-unième jour de sa fièvre typhoïde.

Si nous examinons les tracés de ces différents malades, au point de vue des modifications apportées par la balnéation chaude à la température intermédiaire à deux bains, nous voyons que :

1° Dans la très grande majorité des cas, immédiatement après le bain, la température rectale remonte de quelques dixièmes de degré, en moyenne 4, et le maxi-

mum d'élévation est atteint environ 15 minutes après la
sortie du bain.

2° Une période de descente se produit généralement
pendant l'heure qui suit, et dure parfois deux ou trois
heures. Pendant tout ce temps, le malade a donc une
température supérieure à celle qui précédait l'immersion.

3° La température revient au niveau qu'elle occupait
avant le bain ou bien, et ceci, dans la minorité des
cas, reste plus élevée de quelques dixièmes de degré.

4° L'heure de la journée à laquelle le malade est
baigné ne semble avoir aucune influence sur la forme de
la courbe thermique intermédiaire à deux immersions.
En effet, les bains de la matinée ne paraissent pas avoir
une action différente de celle des bains de l'après-midi.

Nos divers malades, en ce qui concerne la température centrale entre deux bains, ne retirent donc aucun
profit de l'immersion chaude, puisque dans la grande
majorité des cas, l'hyperthermie antérieure à chaque
bain ne se trouve pas diminuée. Loin de bénéficier
d'une apyrexie relative, dans l'intervalle des immersions,
ils sont plongés dans un état hyperthermique plus
accentué même qu'avant la balnéation et cela parfois
pendant deux et trois heures.

De prime-abord, ce résultat peut ne pas paraître sur-
prenant. Il semble naturel en effet que la température du malade doive s'élever avec le bain donné
dans de telles conditions. Mais l'évaporation pulmonaire

est un facteur important dont il fallait aussi tenir compte en s'assurant pour cela de l'état thermique des malades après chaque bain. Nous devons dire toutefois que jamais ce facteur n'est intervenu de façon à abaisser la température des malades au-dessous du point qu'elle atteignait avant l'immersion.

II. — Modifications de la courbe thermométrique
générale

De l'évolution du tracé thermométrique pendant toute la durée de la fièvre, sommes-nous en droit de tirer quelques conclusions ? Nous ne le pensons pas ; car les quatre tracés ne sont pas identiques.

L'un (Tracé N° 2, Salle Ste-Angèle, N° 1) débutant au troisième jour de la fièvre typhoïde, est le type du tracé thermométrique de la forme abortive. Les trois grandes périodes de la dothiénentérie y figurent : période d'ascension, période d'état, période de défervescence. Mais celles-ci ont une durée très brève : l'apyrexie est complète déjà au 20° jour.

Peut-être pourrait-on voir dans cette abréviation de la durée de la maladie, un heureux effet de la balnéation chaude ; tel n'est pas notre avis et pour deux raisons : c'est que d'abord, la malade n'a jamais présenté de symptômes graves, témoignant d'une infection intense. En second lieu, sur toute l'étendue de la courbe thermique, jamais nous ne constatons, après l'immersion, le moindre abaissement thermique susceptible d'être attribué au bain.

Pas plus que le précédent, le tracé du N° 3 de la salle Ste-Odile ne paraît influencé par la balnéation chaude. Le malade, baigné à la fin de sa période d'état, fait doucement sa période de défervescence, sans modification aucune, à la façon des typhoïdiques normaux, non traités, et entre en apyrexie complète le 28° jour.

Rien de bien particulier à signaler pour la malade de la salle Ste-Angèle, N° 6, soumise au traitement très tardivement et qui a terminé sa fièvre normalement.

En est-il de même de la troisième typhique de la salle Ste-Angèle, Henriette U..., baignée le 6° jour de sa fièvre et décédée dans le service le 15° ?

Nous nous trouvons ici, de toute évidence, en présence d'une infection intense : adynamie et prostration très marquées ; délire très fréquent, diurne et nocturne ; éruption de taches lenticulaires très abondantes et couvrant littéralement la malade ; pouls faible à 116 le 7° jour, atteignant progressivement 120 et 130 le 9° et le 10° jours, pour devenir incomptable et imperceptible, la veille de la mort ; température oscillant constamment entre 40° et 41°. Ces symptômes, d'un mauvais pronostic, compliqués de myocardite, suffiraient à expliquer l'issue fatale ; mais cependant, il est intéressant de constater que, de tous nos sujets soumis à la balnéation chaude, Henriette U ..., est celui qui, proportionnellement, a

reçu le plus grand nombre de bains : trois par jour en
moyenne; et que malgré cela l'élévation de température
s'accentue de plus en plus avec l'ancienneté de la
maladie.

Cependant, selon M. Bosc : « Les bains chauds sont
» toujours employés, avec le plus grand bénéfice, quand
» l'intoxication est prononcée et les défenses de l'orga-
» nisme compromises... ils régularisent la courbe ther-
» mique remarquablement.. et exercent leurs bons
» effets là où les bains froids sont contre-indiqués,
» comme dans les cas de faiblesse cardiaque .. et tout
» au contraire des bains froids ou tièdes, ils peuvent
» améliorer ces symptômes eux-mêmes... »

Notre malade était donc bien susceptible de bénéficier, au plus haut point, du traitement préconisé par
M. le Professeur Bosc. Chez elle, aucune amélioration
ne s'est manifestée, pas plus en ce qui concerne la
marche de la température que l'état du cœur.

Sans vouloir imputer, à la balnéation chaude, le
dénouement fatal qui survint, nous sommes en droit,
toutefois, de nous demander si ce traitement est demeuré
étranger au mouvement progressivement ascensionnel
de la température.

En résumé, nous rappellerons que, pour trois de nos
malades, la balnéation chaude paraît être restée sans
influence sur l'évolution de la courbe thermique, quelle
que soit l'époque de la fièvre typhoïde à laquelle le traitement a été institué.

Pour le quatrième, la courbe s'est élevé constamment, mais sans que l'on puisse toutefois incriminer
absolument la balnéation chaude, nous avons dit pour
quelles raisons.

CHAPITRE II

Influence des bains froids sur la température

I. — MODIFICATIONS DE LA TEMPÉRATURE CENTRALE ENTRE DEUX BAINS

Parmi nos typhoïdiques, un deuxième groupe, nous l'avons dit, fut soumis à la balnéation froide.

Nous ferons remarquer, de suite, que nous ne nous sommes pas appliqué à suivre la méthode de Brand, dont la formule est de donner un bain de 20° et de 15 minutes de durée, chaque fois que la température rectale, relevée régulièrement, toutes les trois heures, jour et nuit, atteint ou dépasse 39°.

Nos malades, au nombre de deux, furent soumis au même régime que les précédents, c'est-à-dire qu'ils buvaient un litre de lait et un litre de limonade, par 24 heures. Ils furent plongés, en moyenne deux fois par jour, et lorsque la température rectale dépassait 39°, dans un bain à 25°, d'une durée de 10 à 15 minutes.

La température rectale était prise avant le bain, immédiatement après, puis d'heure en heure.

Observation 1

Marie D..,(Salle Ste-Angèle, N° 5), 19 ans, fileuse, entre à l'hôpital, le 3 octobre, au 4e jour de sa fièvre typhoïde, et est baignée le 12e jour de sa fièvre.

Antécédents héréditaires. — Nuls.

Antécédents personnels. — Rhumatisme à 14 ans.

Histoire de la maladie. — Début, il y a 4 jours, par de la céphalée, courbature et malaise général ; pas d'épistaxis ; pas de diarrhée, pas de vomissements. — Fièvre. — Anorexie et grande faiblesse.

A son entrée, la malade est dans un état de prostration prononcée. La température est de 39° le matin et atteint 39°8 le soir. Céphalée très forte, douleur à la nuque. Pas de taches rosées lenticulaires. Gargouillement dans la fosse iliaque droite qui est douloureuse à la pression. A la percussion, il y a un peu de tympanisme. Rate légèrement hypertrophiée. Pouls à 108. Langue saburrale et sèche. — Pas de diarrhée.

Le 8 octobre. — La température du matin est de 39°5, le soir 40°2. Les taches rosées sont apparues, mais peu nombreuses. Pouls dicrote à 110. — Constipation. — Les urines sont rougeâtres. L'examen y décèle des globules blancs et rouges, et de l'albumine. — Un peu de congestion pulmonaire aux deux bases. — Prostration marquée, sans délire.

Le 12 octobre. — Les taches lenticulaires sont nombreuses. Pouls à 120. La constipation est combattue par 30 gr. de sulfate de soude. Les poumons sont encore congestionnés à la base.

Le 14 octobre. — Vomissements depuis la veille. Température 39° le matin et 39°8 le soir. — Ventre ballonné et

TRACÉ Nº 5

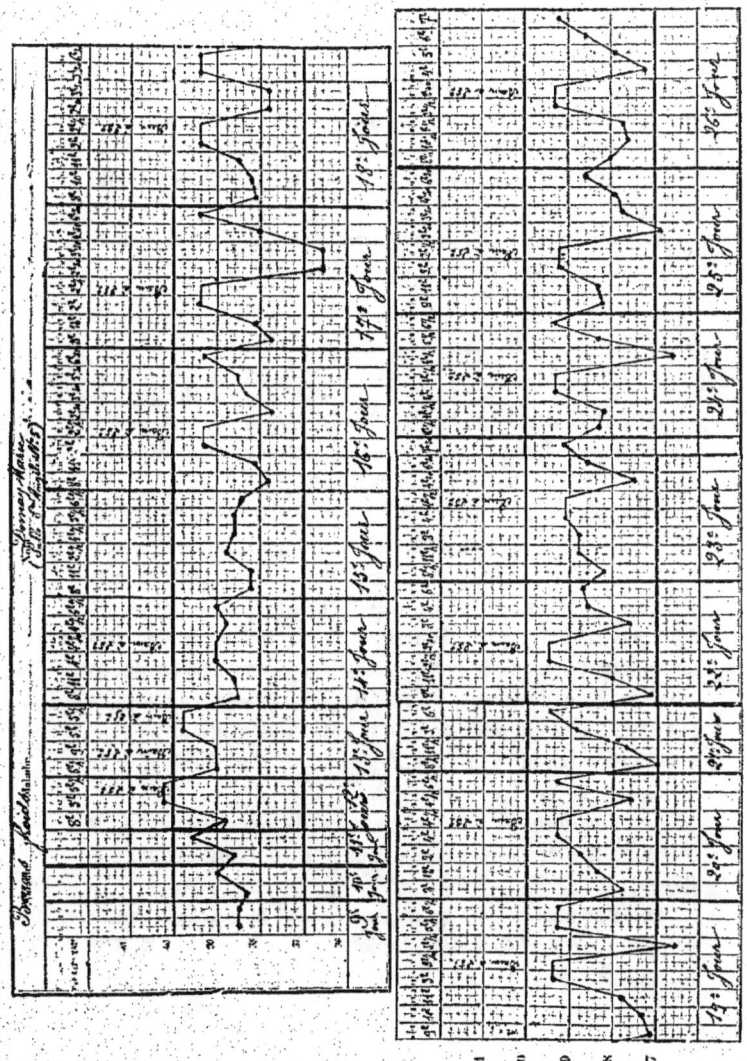

tympanisme. Plus de céphalée, ni de douleurs dans le ventre. Pouls à 104.

Le 17 octobre. — Les vomissements sont arrêtés depuis la veille. Tympanisme et ballonnement du ventre disparus. Température à 37°8 le matin et 39°3 le soir. Plus de céphalée. Moins d'abattement. La malade est moins indifférente à tout ce qui se passe. Pouls à 98.

A partir de cette date, l'amélioration continue et la malade termine sa période fébrile le 28 octobre.

OBSERVATION II

Julie B... (Salle Ste-Angèle, N° 4), âgée de 46 ans, entrée à l'hôpital le 7 octobre, au 5e jour de sa fièvre typhoïde, est baignée le 12 octobre, 10e jour de sa maladie.

Début de la maladie. — Malaise général ; forte céphalée, diarrhée abondante. Pas d'épistaxis ; pas de vomissements.

A son entrée à l'hôpital, la malade est très abattue, très prostrée ; elle se plaint de céphalée, de courbature et de douleurs rachialgiques. Diarrhée abondante et fétide. Gargouillement dans la fosse iliaque droite. Pas de taches lenticulaires. Température 39°9 le matin, 39°5 le soir. Langue sale et sèche. Pas de tuméfaction de la rate. Pas d'albumine dans les urines qui sont peu abondantes et foncées. Pouls dicrote à 100.

Le 10 octobre. — Etat stationnaire. Température à 38°8 le matin et 39°9 le soir. La diarrhée est toujours abondante. Céphalée.

Le 14 octobre. — Moins d'abattement ; le facies est moins grippé. La diarrhée existe toujours. Température 38°5 le matin, 39°3 le soir.

Le 20 octobre. — Température à 38°9 le matin et 39°2 le

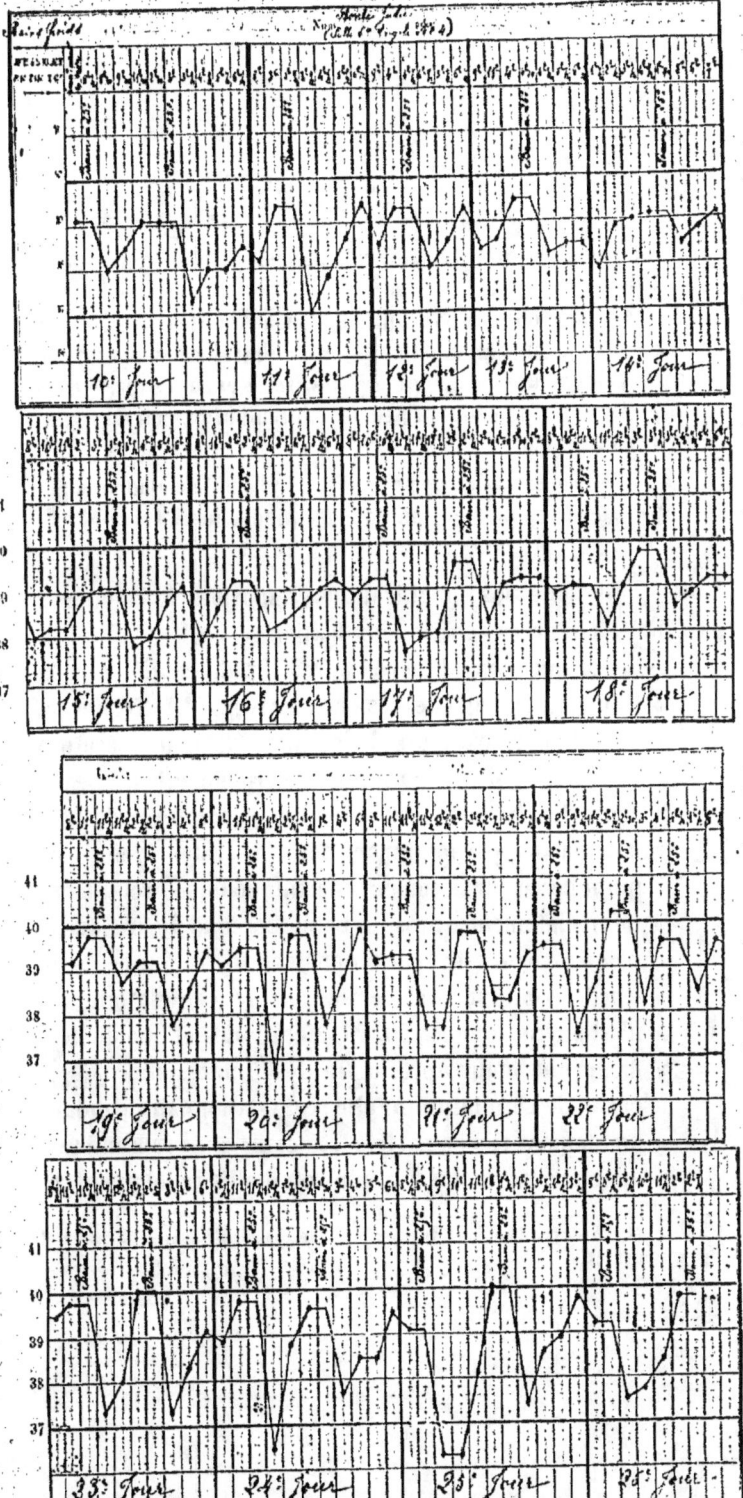

soir. Pouls à 100. La diarrhée persiste. En moyenne deux selles par jour.

Le 28 octobre. — L'éruption de taches lenticulaires, qui ne s'était pas encore manifestée, se montre. La température, plus élevée, depuis quelques jours, reste encore supérieure à 39. La malade tousse un peu. A l'auscultation, peu de signes de congestion.

(Cette observation ne peut être complétée, la malade n'étant pas guérie au moment où nous terminons notre travail).

Etudions les modifications apportées à la courbe thérmométrique entre deux bains.

« Ce que l'on observe, après l'immersion, dans la
» très grande majorité des cas, écrivent MM. Tripier et
» Bouveret (1), c'est un abaissement de la température
» centrale, faible ou marqué, et variable suivant beau-
» coup de circonstances. En règle générale, et c'est un
» fait constaté par la plupart des observateurs, le maxi-
» mum de cet abaissement thermique ne se produit pas
» immédiatement après le bain. Lorsque le malade, à
» peine essuyé, est reporté dans son lit, la température
» fébrile continue à s'abaisser encore et le minimum
» n'est atteint que 15, 20, 25, 30 minutes et quelquefois
» même une heure après la fin de l'immersion froide. A
» partir de ce minimum, elle reste stationnaire pendant
» un temps variable, parfois très court, puis reprend une
» marche ascendante qui, plus ou moins rapidement, la

(1) La fièvre typhoïde traitée par les bains froids. — Tripier et Bouveret.

» ramène au degré qu'elle présentait avant le bain, ou
» même, dans certains cas et au début de la fièvre, à un
» degré supérieur. De telle façon que la courbe thermomé-
» trique, entre deux bains, présente trois périodes :
» descente, état stationnaire, ascension. »

Chez nos deux malades, traités par les bains froids,
les résultats semblent bien corroborer ceux de MM.
Tripier et Bouveret. Dans les courbes que nous avons
tracées (5 et 6) les trois périodes ci-dessus mentionnées
sont assez nettement indiquées et se retrouvent, d'une
façon presque constante, chaque jour, après chaque
bain.

Toutefois, des différences sont à relever entre les
courbes thermométriques intermédiaires à deux bains
des différents jours du traitement. La période de descente, il est vrai, a une égale durée de part et d'autre, et
le minimum thermique, après chaque bain, est atteint
régulièrement au bout de 15 minutes ; mais en ce qui
concerne les périodes d'état stationnaire et d'ascension,
des variations assez sensibles méritent d'être signalées.

Dans la courbe thermique de Marie D... (salle Ste-
Angèle, N° 5) au 16° jour de la maladie, la période d'état
stationnaire n'existe pour ainsi dire pas, et le mouvement ascensionnel, débutant une demi-heure après le
bain, est très lent. Il faut 4 heures consécutives à la
courbe pour remonter, de 37°7, minimum thermique
obtenu par le bain, à 39°3, noté avant le bain. Ce qui
frappe, dans ce tracé, c'est donc la brièveté de l'état sta-

tionnaire et la longueur de la période d'ascension. L'apyrexie relative, entre les deux bains, est donc d'assez
longue durée,

Le tracé du 17e jour présente une période d'ascension
moins longue : sa durée n'est que de 3 heures. Mais, en
revanche, la période stationnaire est moins brève que
celle de la courbe du jour précédent ; la malade, en effet,
reste à 36°, pendant une heure. En outre, l'abaissement
thermique, provoqué par le bain, est plus accentué : la
différence sur le jour précédent est de un degré.

Bien que les courbes de ces deux jours soient sensiblement différentes l'une de l'autre, la température
fébrile est restée modérée pendant une égale durée, dans
les deux cas.

Dans le tracé du 18e jour, la période d'ascension est
encore moins longue, moins traînante, bien que la
descente et la période d'état stationnaire rappellent,
quant à la durée, le précédent tracé. Le mouvement
ascensionnel débute une demi-heure après le bain,
mais il est rapide ; deux heures suffisent à la courbe
pour atteindre 39°4, chiffre noté avant le bain.

Ces différences que nous relevons pour cette première
malade pourraient également être signalées pour la
seconde, Julie B... (Salle Ste-Angèle, N° 3), à d'autres
jours de la maladie.

En somme, nous retrouvons toujours, après chaque
bain, les trois périodes mentionnées par MM. Tripier et
Bouveret et elles ont une durée variable, tout au

moins pour les périodes d'état stationnaire et d'ascension, d'un bain à un autre. Quant au degré de la température à la fin du mouvement ascensionnel, si, dans la majorité des cas, il reste le même que celui noté avant le bain, dans quelques cas cependant il lui est inférieur de quelques dixièmes.

Si l'on n'envisage que ce dernier point, l'on peut se demander quelle a été l'utilité de l'immersion froide pour chacun de nos malades. Il est évident que l'influence favorable du bain froid n'a pas été très manifeste puisque, malgré lui, généralement, la température est remontée au niveau noté avant le bain.

Mais si nos malades n'ont pas retiré grand profit, à ce point de vue, tout au moins ils ont eu l'avantage de conserver, après chaque immersion, pendant environ quatre heures, une température fébrile très modérée ; et cet effet mérite d'être pris en considération.

II. — Modifications de la courbe thermométrique générale

Si nous considérons le tracé thermométrique de la malade N° 5, de la salle Ste-Angèle, nous voyons que la période d'état commence le 9e jour de la maladie. Pendant les trois jours suivants, du 9e au 12e inclus, la courbe thermométrique, dans l'ensemble, a une tendance manifeste à monter. De 38°5, le 9e jour, à 5

heures du soir, elle atteint progressivement 40°2, le 12°
jour à la même heure.

On donne à ce moment le premier bain froid et, dès
le lendemain, la température baisse. Une chute de 4
dixièmes de degré se produit et le 3° jour, à 6 heures du
soir, nous voyons un écart de 1° 8. La température vespérale, dès le 4° jour du traitement, se relève bien un
peu, puisque la courbe arrive même à 39°5 ; mais jamais,
cependant, elle n'atteint le chiffre du premier jour du
traitement, 39°8, qui reste le point culminant pendant
toute la période d'état.

L'action réfrigérante de ce traitement journalier se
fait donc sentir immédiatement, après la première
immersion. Elle se manifeste en bridant la marche spon-
tanément ascendante de la fièvre ; et cette action se
répercute pendant toute la durée de la période d'état, en
abaissant le niveau des oscillations thermiques.

Si nous considérons maintenant l'ensemble de cette
courbe de la période d'état, dès le premier jour du
traitement, nous constatons un mouvement de descente
et qui se fait progressivement. De 40°2, la température
vespérale tombe à 38°6, quinze jours après. La différence
est donc de plus de 1 degré. Ce mouvement de descente
semble se faire par étapes, au nombre de trois. L'une,
du 13° jour inclus au 16° exclusivement, où la température vespérale oscille de 39°8 à 38°4 ; l'autre, du 16° jour
au 21° inclus et où le plateau des oscillations vespérales
reste à peu près stationnaire à 39°3 ; le 3° enfin, du 22°

jour de la maladie au 27ᵉ, où la température vespérale
oscille de 39°3 à 38°6. — Cette période de descente est
lente, et traîne un peu ; mais elle se fait sûrement,
sans montée nouvelle, et elle semble devoir ramener la
température fébrile au degré physiologique.

La durée de la maladie, en tant que période fébrile,
a-t-elle été influencée en quoi que ce soit ?

Il ne semble pas qu'elle ait été diminuée d'une façon
appréciable par le traitement balnéothérapique. Notre
malade fait en effet une fièvre de 27 jours, ce qui se
rapproche de la moyenne donnée par MM. Tripier et
Bouveret pour qui la durée serait de 31 jours. D'ailleurs
on sait que les bains froids n'abrègent pas la période
fébrile (1).

En somme, l'action réfrigérante sur la marche de la
fièvre, dans ce tracé de la malade n° 5 de la salle Stᵉ-
Angèle peut se résumer en ces trois termes :

1° Dès le premier jour du traitement, la température
baisse immédiatement.

2° Cet abaissement de la température persiste pendant
toute la durée de la période d'état de la fièvre typhoïde ;
la fièvre est en quelque sorte jugulée par la balnéation
froide ; le niveau moyen des oscillations thermiques
est abaissé.

3° Un mouvement de descente progressive est pro-

(1) La fièvre typhoïde traitée par les bains froids. Tripier et
Bouveret (p. 404).

voqué, qui, lentement, tend à ramener la température au degré normal.

Les modifications apportées au tracé général sont constituées par la somme des abaissements de température qui suivent chaque bain.

En est-il de même pour Julie B, . (tracé n° 6) ? Un abaissement de 6 dixièmes de degré, sur la température du matin, se produit bien le soir du premier jour du traitement : de 39°1 la température tombe à 38°5. Mais le lendemain et les jours suivants, la fièvre reprend son ascension, et sur tout le parcours du tracé, elle manifeste une entière indépendance vis-a-vis de la balnéation. L'influence des bains froids paraît donc ici complètement nulle au point de vue thermique.

Nous résumerons l'influence des bains froids sur nos deux malades, en disant que, pour l'un, ils paraissent avoir été une entrave à la marche de la fièvre ; pour l'autre, ils semblent n'avoir eu aucun résultat.

CHAPITRE III

Influence des boissons abondantes
sur la température

Nos deux derniers typhoïdiques, ne furent pas baignés : leur traitement fut la diète hydrique. Ils buvaient, chaque jour, 3 litres de lait et 3 litres de limonade. Ce régime est celui que prescrit M. Debove à ces typhoïdiques. C'est aussi l'ancienne méthode de Cyrillo (De frigidae aquae in febribus usu, in Philosophical Transaction, 1730).

Cette méthode a-t-elle donné quelque résultat, pour nos deux sujets au point de vue de leur courbe fébrile? Nous ne saurions nous prononcer, car tous deux sont entrés très tardivement à l'hôpital, l'un N° 1, Salle Ste-Odile, au 12e jour de sa fièvre typhoïde ; l'autre, N° 5 de la même salle, au 13e jour, c'est-à-dire à la fin de leur période d'état. Ces malades ne nous ont donc permis d'observer que leur défervescence.

La seule constatation que nous puissions faire est que

cette défervescence a évolué normalement, sans recrudescence, ni prolongation de durée.

D'ailleurs, ce traitement sans balnéation vise plutôt la diurèse que l'abaissement de la température.

Observation I

Charles L..., 17 ans, mouleur, entre à l'hôpital le 13 octobre, au douzième jour de sa fièvre typhoïde.

Le début, vers le 1er octobre, avait été assez lent. Le malade continuait à vaquer à ses occupations. Un peu de lassitude, de courbature, de malaise général. Puis de la céphalée, une douleur à la nuque; et, deux ou trois jours après, une diarrhée abondante apparut. Le malade fut pris de vomissements; et dut s'aliter trois jours après, par suite de son extrême faiblesse et de l'aggravation de tous ces symptômes.

Entré à l'hôpital, il se plaint surtout d'une forte céphalée et d'une courbature générale, qui le privent de tout sommeil. Il est très abattu; tousse beaucoup; à l'auscultation, râles de congestion. — Une diarrhée abondante et opiniâtre persiste; en moyenne 10 à 12 selles par jour; du ballonnement du ventre et du gargouillement dans la fosse iliaque droite; quelques taches rosées lenticulaires sur la paroi abdominale. Les vomissements ont cessé; la langue est sèche et rôtie; les lèvres fuligineuses. La température est de 39°2, le 14 octobre au matin. — Séro-diagnostic positif.

Cet état persiste pendant 4 à 5 jours, et le 17 octobre, seizième jour de la fièvre typhoïde, la température tombe à 37°6 le matin et 37°8 le soir. Le facies devient meilleur et l'insomnie fait place à un sommeil réparateur. Toutefois la diarrhée persiste, un peu moins abondante cependant.

Cette amélioration se maintient les jours suivants et la convalescence débute le 24 octobre, vingt-troisième jour de la fièvre typhoïde.

OBSERVATION II

Léon D..., 18 ans (Salle Ste-Odile, n° 5), entre à l'hôpital le 17 octobre, au treizième jour de sa fièvre.

Début de la maladie. — Malaise, courbature, douleurs lombaires, et céphalée très forte. Pas d'épistaxis.

Bouche pâteuse et amère, mais pas de nausées et pas de vomissements. Pas de diarrhée; de la constipation que le malade combat de lui-même par un purgatif.

Pendant 15 jours, le malade, en proie à des symptômes fébriles, garda le lit, souffrant d'une très grande fatigue et d'une forte céphalée; la diarrhée remplaça la constipation. Ce n'est qu'après ce laps de temps que Léon D... vint à l'hôpital. Il est alors très abattu, et toujours somnolent, répondant à peine aux questions qui lui sont posées. Sa diarrhée est toujours abondante; le ventre est ballonné, la rate un peu tuméfiée. Quelques taches lenticulaires sur le ventre et la poitrine. Température 39°1. Pouls dicrote bat à 110. Le faciès est grippé et la langue rôtie et sèche. Le sérodiagnostic est positif.

Cet état reste stationnaire jusqu'au 22 octobre où le faciès devient meilleur, et la fièvre diminue. La céphalée est disparue. Plus de ballonnement du ventre. Langue humide.

Cette amélioration persiste les jours suivants et le malade entre en apyrexie le 29 octobre, vingt-cinquième jour de sa fièvre typhoïde.

TRACÉ Nº 7

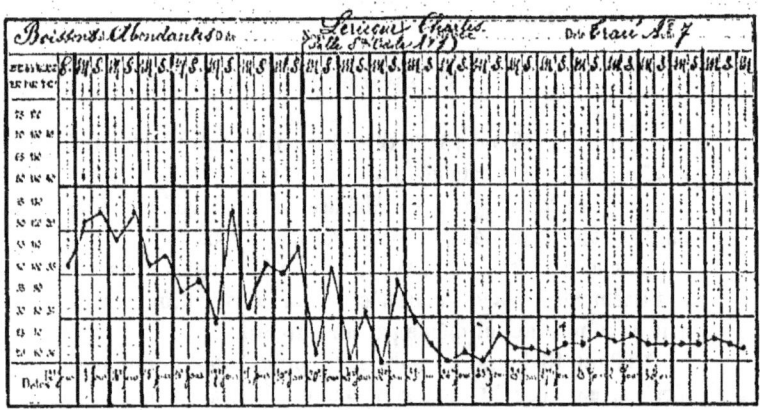

TRACÉ Nº 8

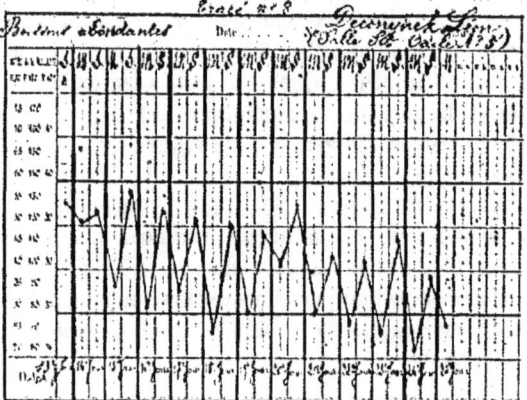

DEUXIÈME PARTIE

CHAPITRE PREMIER

Influence des bains chauds sur l'urologie

I. — DIURÈSE

Les recherches sur la toxicité urinaire dans la fièvre
typhoïde sont encore bien peu nombreuses. MM. Roque
et Weil, de Lyon (Revue de médecine, 1891), ont pu,
dans un cas unique, établir le coefficient urotoxique
pour toute la durée d'une fièvre typhoïde abandonnée à
elle-même. Poussant plus loin leurs recherches, ils
ont étudié l'élimination des substances toxiques par
l'urine chez les malades atteints de fièvre typhoïde,
traités par différentes méthodes.

Pour l'expérimentation, ils ont suivi la méthode de
M. Bouchard. Toutes leurs expériences ont été faites
sur des lapins : injection des urines dans la veine

auriculaire : chaque fois la quantité totale des urines émises en 24 heures a été recueillie, mesurée et filtrée.

Enfin, pour l'appréciation de la toxicité du liquide urinaire, ces auteurs se sont servis de l'unité proposée par M. Bouchard : le coefficient urotoxique, c'est-à-dire la fraction de kilogramme de matière vivante qui est tuée par l'injection de la quantité d'urine sécrétée en 24 heures par 1 kilogr. de l'individu en expérience (1). Ce coefficient est en moyenne 0,46.

C'est également sur la méthode de M. Bouchard que se sont basés MM. Ingelrans et Dehon (2) pour faire leurs recherches sur l'urotoxicité des typhoïdiques dont il est question ici ; la détermination de leurs coefficients urotoxiques a été effectuée aussi d'après les principes de M. Bouchard.

De l'ensemble de ces dernières recherches, que nous avons suivies jour par jour, au laboratoire de pathologie expérimentale, il ressort que des différences assez sensibles existent, tant au point de vue de la quantité des urines émises, qu'au point de vue de leur toxicité, suivant les divers modes de traitement auxquels furent soumis les malades dont elles proviennent.

En ce qui concerne le traitement par les bains chauds, M. Bose « l'a employé avec le plus grand succès dans un certain nombre de cas de fièvre

(1) Revue de médecine, 1891.

(2) Société Centrale de Médecine du département du Nord. Séance du 8 Novembre 1901.

typhoïde graves (1); le plus grand bénéfice en est
retiré, concernant l'élimination urinaire... D'une façon
générale, les bains chauds présentent des effets diurétiques et sédatifs très accentués et rapides dans leur apparition; c'est par eux que l'on obtient la diurèse la plus
abondante et le maximum d'élimination des produits
toxiques. Le bain chaud est si favorable à cette décharge
urinaire, que l'urine redevenue promptement abondante
sous son influence reste normale par la suite, et le lendemain la décharge toxique continue. » M. Martin cite
alors l'observation d'un des malades que M. Bosc a traités
par cette méthode « et par qui les bains chauds furent
parfaitement supportés. Sous leur influence, la température se maintint dans des limites satisfaisantes ; les
urines augmentèrent en quantité, légèrement les premiers jours, puis, d'une façon plus marquée à mesure
que l'hématurie diminuait (le malade avait une hématurie intense apparue dès les premiers jours)....

.... On voit tout le parti que l'on peut tirer de la
balnéation chaude. Action éliminatrice intense, action
sédative, action révulsive et antiphlogistique, régéné-
ration du myocarde, tels sont les multiples effets que
l'on peut attendre d'elle (1) »

(1) Thérapeutique de la fièvre typhoïde. — Encyclopédie Léauté. —
Masson, 1890.

Voici d'autre part, le tableau, établi d'après les expériences de MM. Ingelrans et Dehon, représentant les variations de la sécrétion urinaire chez les typhoïdiques traités par les bains chauds.

Sans vouloir contredire M. Bosc, et sans prétendre tirer aucune conclusion générale des résultats figurant dans ce tableau (le nombre des malades sur lesquels l'expérimentation a porté étant trop restreint), nous ferons toutefois cette constatation que : la quantité d'urine émise est faible : le chiffre maximum noté n'est pas supérieur à 1.000^{c3}. Pour le n° 3 de la salle Ste-Angèle, la quantité d'urine éliminée tombe même certain jour à 180^{c3}. La sudation qu'entraîne un bain chaud est, il est vrai, très active. Mais cette objection suffirait-elle à expliquer une baisse aussi sensible de la totalité des urines de 24 heures ?

Un second point est à mettre en évidence : dans deux cas, n°s 3 et 6, salle Ste-Angèle, la quantité d'urine éliminée diminue au fur et à mesure que la maladie avance en date et le traitement est plus ancien. Au huitième jour de la maladie, le troisième du traitement, le n° 3 de la salle Ste-Angèle, urinait 500^{c3} ; au neuvième jour du traitement, il n'élimine plus que 180^{c3}. La malade du n° 6 de la même salle, baignée à une période de la fièvre beaucoup plus tardive, le vingt-deuxième jour, c'est-à-dire à la fin de la période d'état, arrive de 900^{c3} à ne plus uriner que 500^{c3}, six jours après.

BAINS CHAUDS

JOURS DE LA MALADIE	Ste-ANGÈLE N° 1		Ste-ANGÈLE N° 3		Ste-ANGÈLE N° 6		Ste-ODILE N° 3	
	Coefficient urotoxique	Quantité d'urine	Coefficient urotoxique	Quantité d'urine	Coefficient urotoxique	Quantité d'urine	Coefficient urotoxique	Quantité d'urine
7° jour . . .	0,279	1 litre						
8° jour. . . .			0,228	1/2 litre				
9° jour. . . .								
10° jour . . .	0,284	1 litre	0,199	1/2 litre				
12° jour. . . .	0,258	0 l. 950	0,114	0 l. 300				
14° jour. . . .			0,101	0 l. 180				
15° jour. . . .	0,247	0 l. 850	(Mort)					
19° jour. . . .							0,237	1 litre
20° jour. . . .							0,224	1 litre
21° jour. . . .								
22° jour. . . .					0,393	0 l. 900	0,247	0 l. 900
23° jour. . . .								
24° jour. . . .							0,243	0 l. 900
25° jour . . .					0,385	0 l. 750		
26° jour . . .								
27° jour. . . .					0,381	0 l. 810		
29° jour. . . .								
29° jour. . . .					0,367	0 l. 500		
30° jour. . . .								
31° jour. . . .								
32° jour. . . .								

Quant aux deux autres typhiques, n° 3, salle Ste-Odile, et n° 1, salle Ste-Angèle, l'élimination chez eux reste à peu près stationnaire, avec une faible tendance vers la diminution cependant.

C'est également chez ces deux malades que la quantité d'urine éliminée pendant toute la durée du traitement, a été la plus forte, comparativement aux deux autres. Or, le nombre de bains qu'ils ont pris, pendant le même laps de temps, est inférieur à celui des deux précédents malades. D'où il semblerait ressortir qu'il existe un rapport inverse entre le nombre de bains et la quantité d'urines éliminées : plus on a donné de bains, moins les malades ont uriné.

Si l'on additionne, en effet, pour chaque malade, le nombre de bains administrés, soit :

14 bains en 8 jours pour Ste Angèle, n° 1
24   »   10   »   »   3
8   »   5   »   »   6
13   »   10   »   Ste-Odile   3

et si l'on fait le total des urines éliminées, soit :

3 l. 850 pour Ste-Angèle, n° 1
1 l. 480   »   3
2 l. 960   »   6
3 l. 750   Ste-Odile   3

on trouve que les deux malades (Ste-Angèle, n°s 3 et 6), qui ont eu le plus de bains, ont uriné le moins.

En résumé, pour ces 4 typhiques :

1° la quantité d'urine rejetée est faible et par consé-quent la diurèse n'est pas favorisée par le traitement.

2° Elle diminue avec la marche de la maladie, avec la durée du traitement.

3° Elle est en rapport inverse du nombre de bains.

II. — UROTOXICITÉ

Pour l'urotoxicité, un coup d'œil d'ensemble sur le tableau précédemment tracé, permet de constater que le coefficient urotoxique est bas et que, pour trois cas, du début à la fin du traitement, il baisse progressivement, indiquant par conséquent une diminution progressive de la toxicité des urines. Cette diminution est assez sensible pour les Nos 1 et 6 de la salle Ste-Angèle : le premier a un coefficient qui tombe de 0,279 à 0,247 ; le second va de 0,393 à 0,367. Pour le troisième malade, mort en pleine période d'état, et qui était couché au N° 3 de la même salle, la différence entre le chiffre du début du traite-ment et celui de la veille de la mort est encore plus considérable : de 0,228 le coefficient descend à 0,101. En revanche le 4e typhique (salle Ste-Odile, N° 3) a une toxicité à peu près stationnaire. Elle évolue entre les chiffres extrêmes de 0,247 à 0,224.

Si l'on rapproche ces résultats de ceux ayant trait à la diurèse, on voit que pour les trois premiers malades la baisse du coefficient urotoxique marche concurremment à une diminution de la quantité d'urine éliminée.

Pour le 4e au contraire (salle Ste-Odile, No 3), dont la quantité d'urine est sensiblement la même pendant toute la durée du traitement, l'urotoxicité reste également à peu près invariable.

Une corrélation paraît donc s'établir entre l'évolution de l'urotoxicité et celle de la diurèse pendant toute la durée du traitement. Mais, est-ce à dire qu'il y ait un rapport direct entre elles deux : nous ne le pensons pas ; car pour le typhoïdique No 3 de la salle Ste-Odile, avec 1 litre d'urine, le 20e jour de la dothiénentérie, on a un coefficient de 0,224, et le 22e jour, avec 900c3 on a un coefficient de 0,247. De même pour le No 6 de la salle Ste-Angèle, avec 750c3 d'urine, le 26e jour, on note un coefficient de 0,385 tandis que le 27e jour, avec 810c3, le coefficient n'est que de 0,381.

Pas plus qu'avec la diurèse, la toxicité urinaire n'a de lien avec la température.

Nous avons vu précédemment que des quatre courbes thermiques, trois semblaient évoluer sans être influencées par les bains chauds, la température s'acheminant lentement et progressivement vers le degré normal. Une seule était sans cesse en ascension, celle de la malade No 3 de la salle Ste-Angèle. Or, ces malades invariablement ont un coefficient urotoxique qui toujours diminue avec l'évolution de la maladie.

Voici d'ailleurs des tableaux montrant nettement,
jour par jour, l'indépendance de l'urotoxicité vis-à-vis
de la température.

Nom du malade	Jours de la maladie	Coefficient urotoxique	Moyenne des Températures de la journée
Ste-Angèle N° 1	7e	0,279	40°5
	10e	0,284	39°6
	12e	0,258	38°8
	15e	0,247	38°6

Nom du malade	Jours de la maladie	Coefficient urotoxique	Moyenne des Températures de la journée
Ste-Angèle N° 3	8e	0,228	40°6
	10e	0,199	40°3
	12e	0,114	39°9
	14e	0,101	40°9

Nom du malade	Jours de la maladie	Coefficient urotoxique	Moyenne des Températures de la journée
Ste-Angèle N° 6	22e	0,393	39°9
	25e	0,385	39°4
	27e	0,381	39°1
	29e	0,367	37°8

Nom du malade	Jours de la maladie	Coefficient urotoxique	Moyenne des Températures de la journée
Ste-Odile N° 3	19e	0,237	39°6
	20e	0,224	39°7
	21e	0,247	38°6
	24e	0,243	38°6

Nous nous résumerons en disant que :

1° L'urotoxicité est faible avec les bains chauds.

2° Dans trois cas, elle diminue au fur et à mesure que le traitement avance ; dans le 4ᵉ cas, elle reste stationnaire.

3° Elle évolue parallèlement à la diurèse : avec celle-ci elle diminue pour trois malades et reste à peu près invariable pour le 4ᵉ.

4° Elle n'a aucun lien avec la diurèse.

5° Elle est indépendante du cycle fébrile.

CHAPITRE II

Influence des bains froids sur l'urologie

Les bains froids dans les infections sont actuellement jugés et leur action stimulante sur le système nerveux a suffi à faire leur réputation. Toutefois, parmi leurs multiples avantages, un des plus recherchés est l'effet diurétique. « Le bain froid, dit Grasset, est surtout un stimulant puissant de l'élimination ; il provoque la diurèse et, d'une manière générale, l'évacuation des produits toxiques ; c'est par là qu'il est rationnel dans les infections. »

Tripier et Bouveret écrivent : « Favoriser par le rein l'élimination de toutes les matières nuisibles, en d'autres termes, maintenir et même augmenter l'activité de la sécrétion rénale, telle est une des indications primordiales que doit remplir le traitement de la fièvre typhoïde. Or, beaucoup mieux que toute autre médication, la méthode des bains froids remplit cette importante indication. »

En 1891, MM. Roque et Weil, qui ont fait des recherches sur l'élimination des produits toxiques dans la fièvre typhoïde suivant les diverses méthodes de traitement, ont étudié tout particulièrement l'action des bains froids à ce sujet. Quatre typhiques sur lesquels ont porté leurs expériences, avaient le 1er des bains à 28°, puis à 25°; le second des bains à 28°, puis à 25°, puis à 23°; le 3e, des bains à 20°; le dernier, des bains à 25°, à 22°, puis à 20° (Revue de médecine, 1891, pp. 764-767). Or leur conclusion est que le bain froid est un traitement éliminateur par excellence. « Il n'est nullement spécifique, ne gêne en rien les toxines, mais assure leur expulsion au fur et à mesure de leur production. »

Le tableau ci-contre, représentant les quantités d'urines rejetées et l'urotoxicité de nos deux malades pendant toute la durée de leur traitement par les bains froids, permet de constater que les coefficients urotoxiques augmentent lentement et progressivement.

Julia B... (salle Ste-Angèle, N° 4) de 0.217 le 11e jour, atteint un coefficient de 0.349 le 13e. Chez elle, il est vrai, une période descendante se produit à partir du 29e jour : nous verrons, par la suite, qu'il semble y avoir un rapport entre cette diminution et l'état de la température.

Marie D..., N° 5 de la même salle, arrive de 0,208 le 12e jour au chiffre 0.300, le 24e; et chez elle, le 21e, où aucun bain ne fut donné, le coefficient tombe à 0,149, de 0,250 où il était la veille.

L'élimination des substances toxiques chez nos deux

BAINS FROIDS

JOURS de la MALADIE	SAINTE-ANGÈLE N° 4		SAINTE-ANGÈLE N° 5	
	Coefficient urotoxique	Quantité d'urine	Coefficient urotoxique	Quantité d'urine
11e jour	0,217	1 litre		
12e jour	0,230	1 litre	0,208	0 l. 845
13e jour	0,244	1 l. 300		
14e jour			0,191	0 l. 900
15e jour	0,349	1 l. 17	0,215	0 l. 975
17e jour			0,204	1 litre
18e jour	0,318	1 litre		
19e jour			0,237	0 l. 950
20e jour	0,225	0 l. 750	0,250	0 l. 900
21e jour	0,252	0 l. 820	0,149 (Pas de bains)	1 litre (Pas de bains)
23e jour	0,210	1 litre		
24e jour			0,300	0 l. 900
25e jour	0,267	0 l. 900		

typhiques traités par les bains froids subit donc un
accroissement et cet accroissement est arrêté dès que les
bains viennent à être supprimés.

La diurèse également paraît être influencée favora-
blement par la balnéation froide. L'augmentation pro-
duite est faible, il est vrai; mais néanmoins le chiffre du
1er jour du traitement reste toujours inférieur aux suivants. Cependant, pour le N° 4 de la salle Ste Angèle, une
diminution, dans la quantité des urines excrétées, se
produit à partir du 20e jour, et cette diminution correspond à un abaissement des coefficients urotoxiques sur
les précédents. Or, si nous nous reportons à la courbe
de température, nous voyons qu'à partir de cette même
date se produit un mouvement ascensionnel.

Là, semble exister un certain rapport entre la fièvre
et la diurèse et l'urotoxicité. A une élévation thermique
correspondrait une diminution de la diurèse et un abaissement du coefficient urotoxique.

La diurèse et l'urotoxicité marchent donc parallèlement ; mais on ne peut pas dire qu'il y ait un rapport
entre elles deux : car pour le n° 4 de la salle Ste-Angèle,
la quantité des urines étant de 1.300 ^{c3} le 13e jour, le
coefficient est de 0.244, et le 15e jour, où le coefficient
s'est élevé à 0,349, le chiffre des urines est tombé à
1.175 ^{c3}.

Le n° 5 de la salle Ste-Angèle, le 12e jour, urine 845 ^{c3}
et a un coefficient 0.208 ; le 14e jour, il urine 900^{c3} et le
coefficient baisse à 0,191.

Nous trouverions dans toute l'évolution de la diurèse
et de l'urotoxicité de ces deux malades des exemples
pareils et, comme le disent MM. Roque et Weil « en
somme on peut voir nettement que ce n'est pas par l'intermédiaire de la polyurie que le bain provoque l'élimination des toxines fabriquées dans le cours de la
maladie. »

Si nous voulons condenser en quelques lignes l'ensemble de ces résultats, nous dirons :

Pour nos deux typhiques traités par les bains froids :

1° Les coefficients urotoxiques et la diurèse augmentent dès le début de la balnéation.

2° Cette augmentation s'est arrêtée, pour le n° 5 de la
salle Ste-Angèle, le jour où les bains ont été supprimés.

3° L'urotoxicité marche parallèlement à la diurèse
mais n'a aucun rapport avec elle : la polyurie n'entraîne
pas l'hypertoxicité.

4° Il semble y avoir une certaine relation entre la
fièvre, la diurèse et l'urotoxicité, puisque à une élévation thermique correspond une diminution de la quantité
des urines et du coefficient urotoxique.

CHAPITRE III

Influence des boissons abondantes sur l'urologie

« Le traitement de M. Debove, écrivent MM. Brouardel
» et Thoinot (1), est un traitement purement diurétique
» et où l'auteur cherche à réaliser sous la forme la
» moins compliquée, le bénéfice de la diurèse que la
» méthode des bains froids n'acquiert qu'à grand appa-
» reil, un peu lassant peut-être, et pour le malade et
» pour les gardes. »

M. Debove fait, en effet, uriner ses malades en leur
donnant à boire 6 à 7 litres en 24 heures. Sa statistique
lui fournit 10 pour 100 de décès : c'est précisément le
chiffre auquel est arrivé Merklen dans son enquête sur
la méthode de Brand.

L'on conçoit aisément que ces malades, buvant
beaucoup, urinent également en abondance. Mais le
point intéressant est de savoir s'ils urinent seulement de
l'eau ou s'ils éliminent en même temps des substances

(1) La fièvre typhoïde, p. 324.

toxiques. MM. Roque et Weil ont fait des recherches à ce point de vue en ce qui a trait au bain froid ; par eux ni depuis eux, rien de tel n'a été entrepris pour les boissons abondantes.

Chez nos deux malades soumis à la diète hydrique, la diurèse est considérable et elle est surtout marquée pour l'un deux, le n° 1 de la salle Ste-Odile, qui arrive à émettre 4 litres d'urine.

Elle augmente avec la durée du traitement et si l'on se reporte aux courbes thermométriques, l'on peut dire que cette augmentation se fait également avec l'abaissement de la température.

Entre les quantités excrétées par nos deux malades des différences toutefois existent et elles semblent correspondre aux différences thermiques, car le typhique n° 5 de la salle Ste-Odile, dont la quantité d'urine émise est de beaucoup inférieure à celle du n° 1, présente une courbe thermique à oscillations beaucoup plus élevées que celles du tracé de ce dernier.

L'urotoxicité atteint ici des chiffres beaucoup plus élevés que par les traitements précédents ; non seulement dans les derniers jours du traitement où l'on obtient des coefficients urotoxiques de 1.641, mais même au début où le coefficient pour le n° 1 de la Salle Ste-Odile, par exemple, est 0.713.

Ces coefficients augmentent progressivement, de jour en jour. L'urotoxicité a donc une marche parallèle à celle de la diurèse et, par suite, elle a les mêmes rapports que cette dernière avec la température. Ces rapports sont très manifestes, et de ces deux malades, celui qui possède la courbe thermique la plus élevée, a une urotoxicité plus faible.

Enfin, un lien étroit paraît unir la diurèse et la toxicité urinaire, car à la polyurie la plus marquée répond une élévation du coefficient urotoxique.

BOISSONS ABONDANTES

JOURS de la MALADIE	SALLE SAINTE-ODILE № 1		SALLE SAINTE-ODILE № 5	
	Coefficient urotoxique	Quantité d'urine	Coefficient urotoxique	Quantité d'urine
13e jour	0,713	3 l. 500		
14e jour	0,800	4 litres	0,411	1 l. 580
16e jour	0,855	3 litres	0,463	1 l. 500
18e jour			0,605	2 litres
19e jour	0,948	3 l. 500	0,650	1 l. 550
20e jour			1,143	3 litres
21e jour	0,966	3 l. 200	0,899	2 litres
23e jour			0,970	2 l. 020
24e jour	1,296	3 l. 500	0,967	3 litres
26e jour	1,621	3 l. 700		
27e jour				
28e jour	1,641	3 l. 900		

CONCLUSIONS

De l'étude des faits que nous venons de relater, sans toutefois vouloir généraliser des résultats qui ne s'appliquent qu'aux cas observés par nous, nous tirerons les conclusions suivantes auxquelles nous joindrons celles de MM. Ingelrans et Dehon.

1° Les bains chauds, qui ont comme résultat immédiat de mettre le malade en hyperthermie, n'ont aucune influence sur l'évolution générale de la courbe thermique, quelle que soit l'époque de la fièvre typhoïde à laquelle ils ont été donnés. Dans un cas cependant, suivi de mort par myocardite, l'hyperthermie n'a fait que croître avec la durée du traitement.

Avec eux, la diurèse est peu abondante et va en décroissant.

Le coefficient urotoxique, inférieur au coefficient normal 0.460, est faible : le maximum est de 0.393 et le chiffre minimum 0.101 ; la moyenne est 0.262. Cette urotoxicité va en diminuant de jour en jour ou reste

sensiblement stationnaire ; elle n'a aucun rapport avec
la température.

2° Les bains froids, qui ont un résultat immédiat
hypothermisant, ont, dans un cas, abaissé le niveau
moyen des oscillations thermiques, pendant toute la
durée de la fièvre et dans l'autre, n'ont eu aucune
influence sur la température.

Avec eux, la quantité d'urine excrétée est un peu
plus abondante qu'avec les bains chauds et va en croissant, excepté lorsque la température s'élève sensiblement.

Le coefficient urotoxique est au-dessous du coefficient
normal, et un peu moins élevé qu'avec les bains chauds.
Le chiffre maximum est de 0.349, le minimum 0.149; la
moyenne 0.238.

« Les malades de MM. Roque et Weil, qui prenaient
par jour environ 5 bains, à 24° en moyenne, avaient
des coefficients urotoxiques quintuples de la normale.
Il y a donc ici une profonde divergence dans les résultats obtenus, » disent MM. Ingelrans et Dehon (1) ; et
sur ce point ils n'établissent aucune comparaison. Certains de leurs chiffres, ils se bornent simplement à les
rapprocher de ceux obtenus chez nos autres malades
différemment traités.

Enfin, chez nos typhoïdiques soumis à la balnéation
froide, l'urotoxicité va en croissant graduellement,

(1) Echo médical du Nord, 24 novembre 1901.

excepté lorsque la température s'élève sensiblement, et cette urotoxicité n'est pas en rapport avec la diurèse ; la polyurie n'entraîne pas ici une augmentation de toxicité. C'est la conclusion à laquelle sont arrivés aussi MM. Roque et Weil (1).

3° Avec les boissons abondantes, aucune modification n'est apportée à la courbe thermométrique.

La quantité d'urine est trois fois plus considérable qu'avec les bains chauds ou froids, et croît au fur et à mesure que le traitement est maintenu.

Le coefficient urotoxique évolue entre 1.641 maximum, et 0.411 minimum ; il est en moyenne 0.871, soit 3 fois et demie plus élevé que les moyennes précédentes, et double du chiffre normal. Ces urines abondantes sont donc hypertoxiques.

L'urotoxicité s'accroît notablement jour par jour et semble être ici en rapport avec la quantité d'urine émise.

Avec ce régime, la polyurie a entraîné l'hypertoxicité.

Chez nos différents malades, ce dernier traitement a donc donné les résultats les plus favorables quant à l'élimination des matières toxiques par l'urine. Cependant une question se pose, à savoir si les deux autres méthodes ne fournissent pas des coefficients urotoxiques bas, précisément parce qu'elles empêchent mieux que la troisième la production même des toxines. — Cette

(1) Revue de Médecine, 1891, p. 770.

objection a sa valeur ; mais la solution absolue du
problème ne pourrait, il nous semble, résulter que de
l'évaluation impraticable de la toxicité du sérum et de
tous les tissus. Toutefois l'importance des signes cliniques qui paraissent être l'expression de la toxhémie,
ne semblent pas être en faveur de cette hypothèse,
car l'hypertoxicité des urines est en rapport avec la
bénignité des symptômes et inversement aux formes
cliniques les plus graves présentées par nos malades
correspondent des coefficients urotoxiques de plus en
plus faibles.

LILLE — imp. LE BIGOT Frères